JN184152

ミューズ選書

句集

星辰

Sei-shin

藤木倶子

Fujiki Tomoko

文學の森

星辰

目次

装丁　巖谷純介

星辰

せいしん

オリオン

平成二十一年

初御空篁に風緊まりゆく

しばらくは軒に囁き初雀

初詣槻の木陰の末社にも

天と地を洗ひてよりの梯子乗り

思惟佛の肘の鋭角寒に入る

日を聚め冬の鷗の大ぶりに

流木に倚り冬波の冷え躱す

昼月へ冬たんぽぽの絮吹けり

神杉の樹皮息づくや吉書揚

逢ふたびに月日疾く過ぎ女正月

大寒や風に渦なす槻の梢

雪降るや碧落にあるわが曠野

ひとすぢの風に春待つ心かな

待春の波交差して踊り合ふ

今昔の夢のかけらか草氷柱

夕鴨のいくたびも水搏つて翔ぶ

その白を汚せる記憶山は雪
天狼や己が身失せんばかりにて

消えてより胸に残れり冬の虹

炭焼くやなぞへの木々に煙這ひ

榾運ぶ炭窯酔ひの腰低く

窯の前肌あをざめて櫻榾

日の雫こぼす師の忌の氷柱かな

雪の中子が湧き出でてえぶり摺る

鉦・太鼓余寒の闇を揺らし打つ

春氷柱風の匂ひをしたたらす

斑雪（はだれ）田（だ）や鴉一羽を歩ませて

山祇（やまつみ）の一笑あらむ榛の花

山よりの風ひしめきて榛の花

二歩弾み三歩弾みて春鴉

春愁やページはらりと唐詩選

猫柳日はとろとろと沼渡り

かたくなに堅雪残す祠かな

昨日今日波の色濃き彼岸西風

一瞬を春の風花きらめけり

花冷えの空を領して海猫飛翔

春夕日見てをり誰を待つとなく
漢籍のずしりと重し春の雨

対岸の灯々の滲める虚子忌かな

筏ともならず流るる櫻蕊

はつなつや聖観音を仰ぎ座し
時折を新樹が降らす雨しづく

水芭蕉迷ひ断ちたる白に咲く

水芭蕉己れの白をいとしめり

牡丹の散りて花芯の金の粉

廃校や梅雨の鴉がまた啼いて

端渓の肌の水滴濃紫陽花

身ほとりを水音離れず瑠璃蜻蛉

筒鳥の谺返しや修司歌碑

草笛の空に漣ひろごれり

師の声の厳しかりける日雷

仕舞湯に淡き影揺れ浮人形

髪洗ひ縹色なる日暮れかな

えごの花散りてより径息づけり

母の忌の幼かりける四葩かな

今生れし螢か風の湿りたる

停泊の船より現れて夏の蝶

十薬の花の白さに触るまじ

茅葺きの急勾配や夏穂草

瀧壺を離れし水に歩を合はす

橅林の霊気ひしひし銀竜草

梅雨茸息濁りたる山路かな

胡瓜揉り波の秀の白恋ひゐたり

旅めくや海霧に人影失せやすく

魁夷碑に寄せて山背の怒濤音

海風や葉を全開に夏わらび

抽んでて海霧のみちのくやまたばこ

永劫の波のいとなみ秋立てり

二つ星見てきて開く李白かな
銀漢やかの世の人の名を呼んで

実はまなす手繰りて小さき傷殖やす

桃摘むに一つ一つをいとほしむ

走り蕎麦啜るや岳を真つ向に

海出づる月に漁火侍りけり

雲払ひ居住まひ正す居待月

野葡萄の懸命の碧愛すべし

待宵や納曾利の面は宙睨み

月影を連れて末社を巡りをり

漁火を統べて皎々月今宵

陶榻(とうとう)に腰浅く据ゑ月祀る

はまなすの秋の一花の香を惜しむ

蓮の実を嚙むや風来る旅の果

あきあかね夕日寂るること疾し

日を浴びてなほ冷え残る砂に座す

初百舌鳥の一声に杜透きにけり

みちのくのまほろば束ね稲穂波

星飛ぶと寝ねられぬ夜や耳聡く

オリオンの肩より星の流れけり

横たはる双子座撫でて流れ星

秋日燦羽づくろひの鵜が三羽

蔵壁に影の乱雑唐辛子

邂逅の刻のさまよふ秋の虹

ドラマには涙惜しまず夜長妻

纜の張るも緩むも小春かな

夕星を囲み雪吊了へにけり

雪吊の了へて楷書のごとき松

落葉松散り金色に日を烟らする

旅恋ふや落葉松黄葉散る中に

冬さだか拾ひし貝を手に鳴らし

砂浜に一睡あらば雪の夢

雪来ると遠山に目を瞬(しばたた)く

縛されし心置き去り冬夕焼

鬱々と落葉の衾踏み行くも

一木に一木の憂さ霜雫

飛石を一寸沈め霜柱

熱燗やするめ俄に反転す

深山より季節の便り兎罠

田に隣る炭焼小屋や冬はこべ

粉炭にまみれ炭窯出できたる

炭焼きの煙むらさきに日暮れ呼ぶ

霜晴や口閉ざされし登り窯

陶工の耳が振り向く小春かな

工房のみな閉ぢられて雪螢

落葉松の散るよさらさら髪に触れ

裸木となりて饒舌岳樺

凩や夢の尾を追ひつつ醒めて

霜の夜の言葉噤みて寝ねられず
柊の香や老僧のつつがなく

雪吊の縄の幾尋夜も匂ふ

初霰鉄扉に跳ねて失せにけり

目瞑りて飼はるる軍鶏や雪霏々と

鈍色の波が褥か冬鷗

禦(ふせ)ぎても禦ぎても風冬岬

極月の貌に息かけ鏡拭く

白樺の白より白く雪降り来

雪踏んで白昼の野に音生めり

冬岬人去りて風跳梁す

泪色して夕暮れの冬櫻

くちびるに残る刻印六花（むつのはな）

白鳥の夢白鳥に破らるる

十字架の尖頂掠め冬鴉

オリオンの肩の星見え年移る

銀漢

平成二十二年

外に出でて雀と御慶交はしけり

面魂乙女にもあり弓始

初夢のとぎれとぎれを雪の声

一掬の若水に背を伸ばすべし

初雀小枝に日の斑踊らせぬ

笹鳴きの去りてより雨こぼれけり

冬虹の脚立つあたり出港す

冬帝を送りて修す康治の忌

闘鶏の傷付け合うて目瞑らず

春濤の遠き谺や人去りて

えんぶりの幣の五色や辞儀深く

きさらぎの笛や太鼓や手平鉦

杁稚児大き夕日を背負ひ舞ふ

幟旗鎮めてえぶり摺り納む

母恋ひの思ひ頒つや古雛
ほの甘く刻を失ふ雛あられ

末席に百足這ひ寄る涅槃かな

涅槃図の獅子のもつとも嘆きをり

冴返りなほ冴返る星座かな

ささやきを風に託せり榛の花

頰刺しの涸れても海を恋ふ眼かな

トンネルを出て斑雪嶺を真つ正面

春荒れて荒れて淋代藻も寄せず

下校児の水辺に屯して弥生

桑解かれ山の童の声にはか

同じ星見てゐて同じ春風裡

空に水脈引く光とも鳥帰る

還らざるものを数へて雁供養

梅が香や獅子舞よりの恋神籤

鈴振つて白梅の香を散じけり

天頂へ背伸び屈伸春北斗

背伸びして沖を見てゐる弥生かな

春の月沖の一艇いとほしむ

たがやしの煙藹々山の裾

山毛欅芽吹く触るるものなき大空に

春の夜のほろと崩るる炭の尉

ときめきて夜櫻と息交はしをり

花冷えの冷えのひそめる樹間かな

芭蕉句碑初蝶白く過ぎしのみ

湯の町のうぐひすの声珍重す

木道の足音はたと座禅草

蝌蚪生れて真昼眠たき日差しかな

蝌蚪群れて水の命の旺んなる

白魚に箸伸べて刻たゆたへり

春濤の漲る力もて奔る

リラ冷えの闇厚くして人訪はず

畳みたる容崩さず破れ傘

純白の楯を恃みに水芭蕉

草矢飛べ沼面に水輪生るるまで

倒木へ瀬音昂る皐月かな

瀧の前言葉轟きゐたりけり

鳳蝶まだ見尽くせぬ夢のあと

牡丹散り蕊罪障をあらはにす

ほうたるの水に言葉の端濡らす

かたつむり眠らせ昼の月織し

水嬉々と花びら流す皐月かな

頬埋めたし豊饒の手鞠花

黒文字を折るや香の立つ夕薄暑

野花菖蒲紫紺切なきまで競ふ

海霧深しなぞへ上るに手を借りて

櫻桃のたわわに光分け合ふも

風誘ひ櫻桃の私語豊かなり

久慈小袖海岸にて　八句

岩礁を咲き登りたる透し百合

つりがね洞出入りせはしき夏燕

波蹴つて磯足袋の白涼しけれ

磯足袋の白垂直に葉月潮

白シャツの漢群がり海女若し

うら若き指が海胆割く盛夏かな

海胆割いて笑顔ふるまふ潜り海女

海胆食うぶ大海原の潮の香

端溪の古硯の肌(はだえ)涼新た

邯鄲の声消して風駈けゆきぬ

ゆふさりの風が音生む花芒

山萩の風偸(ぬす)みては散り急ぐ

秋薊今宵は人におもねらず

うぶすなの零余子太れる夜ならむ

菱の実を茹でて二人の刻豊か

銀漢に禱り一つをたてまつる

島陰の波に寄り合ひ秋の海猫

星々の布石うすらぐ秋暑かな

邯鄲の声に束の間流離めく

雨気満ちて竹春の竹響動みけり

秋の蝶しりぞけ呪詛のごとき雨

深々と空あり秋暑終焉す

霧の中色失ひし濤奔る

一つ採り十を零せる零余子かな

少年の手足ひよろりと宮相撲

宝物館待宵の月掲げけり

おより場へ櫻紅葉の一葉かな

薄雲の遂に厚雲月今宵

倉敷大原美術館　二句

深みゆく秋にロダンの足一歩

薄紅葉ロダン夫人の愁ひ顔

岡山後楽園　三句

秋澄むや鶴の歩みの寂けくて

蓮の実の飛んで後楽園真昼

河畔より城に真向かひ曼珠沙華

芋の葉に滴踊らせ雨上がる

天よりの絶縁状か朴落葉

風すでに季のうつろふ風鶴忌

冬泉不意に無言の貌映す

羚羊(かもしか)と気の合うてまた振り返る

否応も無く人の世に雪降り来

餌撒いて言問はめやも都鳥

おづおづと羞ぢらふさまに返り花

寒鯉の沼の底ひに囚はれぬ

水脈細く揺れゐて冬の水澄めり

新しきトランプ匂ふ小春かな

夕しぐれ「どぜう」の暖簾揺らし過ぐ

駒形や葱山盛りに鍋被ひ

川面越え来て冬草の絮光る

大波に惑ふ群れ鴨十二月

齋藤玲子さんみまかる　四句

訃報急外に出て雪に頬濡らす

星落ちて光芒残る霜夜かな

あの笑顔あの冬帽にもう逢へず

ふるさとの冬波なれば共に見む

寺山修司記念館　二句

添景に冬の牧あり修司館

片しぐれ修司のピエロ泣きさうな

春の星

平成二十三年

海原を金に統べゆく大初日

文鎮の位置定まれる筆始

喪ごもりの狗日の墨を磨りはじむ

檻の鷹耿々と眼を返しけり

風捌く馴鹿(トナカイ)の角寒に入る

濤引くや砂に凍てゆく鳶の影

三寒の風に渦なす梢の空

君さりてしまきそめたり夜半の雪

荒野より魑魅率ゐ来る寒波かな

餌銜へ歩む鴉や寒四郎

待春や拾へる貝の名を問はれ

踏まるるを宿命として冬たんぽぽ

今年また師の忌慶しむ鬼やらひ

沼に沿ふ足跡ひとり春の雪

えぶり衆雪きしませて出陣す

雪割りて日輪出づるえぶりかな

うやうやし杁太夫の挙措始終

えんぶりの鯛を釣り上げ深靨（えくぼ）

笹鳴きの初音となれる日差しかな

牧柵に頸擦る馬や雪解風

生きねばや訃報続きの春の雪

雁風呂に消えざる思ひありにけり

初蝶の己れが影に怯え飛ぶ

笑むごとき風ありてこそ猫柳

飾られてぽつりと開く雛の唇

雛の夜のひとときは星の饒舌に

難民といふべし高架冴返る

3・11 八戸への帰路、大震災に遭遇す　五句

大震災春星は綺羅極めたり

魂つどひ大音響の春の星

死の扉意外に近し名残雪

高台の運動場に一泊す

胸打つや毛布一枚分け合うて

八戸に四日後辿り着く

春霞破船等すさむ貌晒し

海猫万羽禊のごとく声降らす

大粒の春星人の魂の数

冴返り星の世界となりにけり

春の燭掲げカストル・ポルックス

白蝶を追ふ人となり風となる

心まで折るまじ春の星新た

高速路緊急工事菜種梅雨

山風に身を震はせて幣辛夷

雲去りて櫻安堵の枝ゆらす
可惜（あたら）しき花にしあれば触れてみむ

山路来てわが恋櫻一樹増ゆ

山脈を遠見に櫻さくらかな

山櫻ほのかなる香も栞とす

闇抱くこと憚らず座禅草

くつたくもなきとは昔菖蒲風呂

雨脚の不揃ひにくる文字摺草

トンネルを抜けるや睫みどりさす

松蟬や風こそばゆきぼんのくぼ

瀧の音瀧に残して去りにけり

逼塞の手足となりぬ青やませ

噴水の伸びきつてまた鬱散らす

ひとときは郭公も来てログハウス

指先に紅色残し櫻の実

飢餓の碑を仰ぎて梅雨の傘畳む

くちなはに忽とゆるべり膝頭

雪渓に日の押し渡るしじまかな

綿菅の揺れ総身に韻くかな

渺々と綿菅真夜も吹かるるや

やませ来る破船のあばらすり抜けて
うぶすなの風さらさらと星の恋

函館にて　四句

夏日燦市電軌みて交差せり

漁火と夏の月添へ大夜景

駒ヶ岳きりりと浮かべ夏の潮

夏潮へ坂下る街恋しけれ

槻高し晩夏の風をこもらせて

八戸三社大祭　三句

前夜祭後夜祭とて笛太鼓

せり上がる丈を競ひて祭山車

虎舞の虎の口より汗の貌

袖絞り哭く墓獅子や秋日灼け

墓獅子や迎火の煙震はせて

うなじ吹くひとすぢの風流燈会

余震なほ死者の翳負ふ秋螢

浜菊の海に染まらぬ白眩し

邯鄲や胸に零るる言葉溜め

手招くや開き初めたる花芒

秋濤の轟き崖を昇りくる

里山は覆ひ尽くせず霧流る
霧深く朝の銀器の持ち重る

秋の虹禱りて命得るごとし

夜々充つる月の虜となりて佇つ

茫漠と葦の花揺れ佛沼

人の目を集め露けき馬身かな

新涼や孕める馬の貌しづか

その後の海の蒼濃き小浜菊

草の花崖に張り付き風に咲く

秋蝶のふと漂泊の翅開く

流木に縋る藻屑や秋高し

渡り鳥仰ぎひとときき低唱す

音立てて沈む夕日や芒原

秋夕焼沖を見てゐる親子馬

銀漢に本州果つる岬かな

星流れ我が身に時の経つつあり

蛇行せる河美しや大稲田

一画はまだ色若き稲田かな

芒活けわづかな風を添へにけり

歪なる影を自嘲の秋茄子

月の夜のその月を負ふ家路かな

更待月ひつきりなしの夢に覚め

しなやかに水面躍らせ白鳥来

冬雲や左右に違へる海の色

ななかまど雪に零せる実の真つ赤

冬虹の方へハンドル切りにけり

曇天の鬱を花芯に寒牡丹

凍星や免れ難く影老いて

鳴き砂をブーツが行けり十二月

みちのくや身の内に雪棲み馴らし

雪吊の張らるる縄の気概かな

物思ふまじと囁き雪つのる

振り向ける貌昏れてゐる冬怒濤

水底に抱く破船や雪一日

乾坤のしまきて烟る氷湖かな

山祇の声にをののき雪しづる

手囲ひて極月の蝶逝かすまじ

投げ入れて水輪惑はす柚子湯かな

顎(あぎと)もて柚子湯の柚子と遊びをり

翔ばむとし冬鵙声を放ちけり

山道の木々の撓りや雪つぶて

風に鳴り肌あらあらと冬欅

人送り言葉惜しめる寒波かな

るいるいと岩に貼り付き波凍る

雪原の広さに耐へてペダル踏む

思惟佛の頰の陰影雪降り来

星辰　畢

あとがき

『星辰』は平成二十八年刊行の『無礙の空』に続く第十句集である。平成二十一年から平成二十三年までの三七二句を収めた。

『星辰』は年次的には『清韻』（平成十七年～平成二十年）に次ぐ句集で、二年ほど前から取りかかっていたが、主人の突然の逝去、体調不振などで延び延びになってしまったことは、出版社の方々に申し訳なく、お詫びするばかりである。

句集名は、毎晩習慣のように夜空を見ることが多く、心の内に星と語り合うことが多いので『星辰』とした。それぞれの章名も、その年の句に因んだ。各章の星の句は次の三句である。

第一章「オリオン」

オリオンの肩の星見え年移る

第二章「銀漢」

銀漢に禱り一つをたてまつる

第三章「春の星」

心まで折るまじ春の星新た

第三章の「春の星」の句は、今も胸が痛む出来事——三月十一日の後の呟きである。東京からの帰路、東日本大震災に遭い、新幹線の中に八時間閉じ込められ、真夜中に高架線路を一キロほど歩き、バスに乗って体育館に避難。翌日、一日南下して東京へ。航空便の券をやっと手に入れ八戸に帰り着いたのは四日後であった。当日真っ暗な列車の窓から、そして高架線路から見た驚く程美しい星々の世界があったことは忘れられない。その後、体調を悪くしてしまった時「心までは折れること無く」と自分を鼓舞した句が「春の星」である。

俳句の道を歩んだことによって、良き人々との多くの出会いがあり、俳句に支えられて、佳き年月を頂いて来たと思う。

この度の刊行にあたり、「文學の森」の皆々様を始め、ご尽力下さった皆様に心より御礼申し上げる。

平成二十八年清明

藤木倶子

著者略歴

藤木倶子（ふじき・ともこ）

昭和６年７月21日　青森県八戸市に生まれる
昭和53年　「北鈴」「泉」に入会、小林康治に師事
昭和55年　「林」創刊に参加
平成５年１月　「たかんな」創刊、主宰

著　書
句　集『堅香子』『雁供養』『狐火』『竹窗』『栽竹』
　　　『花神俳句館　藤木倶子』『火を蔵す』『淅淅』
　　　『清韻』『無礙の空』
句文集『わたしの歳時記・貝の歳時記』
　　　『自註現代俳句シリーズ・藤木倶子集』
　　　『自解100句選　藤木倶子集』
随筆集『恋北京』『漢訳　藤木倶子俳句·随筆集』（李芒訳）

俳人協会名誉会員、日本文藝家協会会員、
国際俳句交流協会評議員、NHK文化センター講師

現住所　〒039-1161　青森県八戸市河原木後8-1
電　話　0178-28-2277
ＦＡＸ　0178-29-0600

ミューズ選書

句集 星辰（せいしん）

発　行　平成二十八年七月二十一日
著　者　藤木倶子
発行者　大山基利
発行所　株式会社　文學の森
〒一六九-〇〇七五
東京都新宿区高田馬場二-一-二　田島ビル八階
tel 03-5292-9188　fax 03-5292-9199
e-mail　mori@bungak.com
ホームページ　http://www.bungak.com
印刷・製本　潮　貞男

ISBN978-4-86438-430-8　C0092